KB157870

한국 희곡 명작선 108

늦둥이

한국 희곡 명작선 108

늦둥이

최송림

평민사

죄송림

늦둥이

등장인물

엄마 (중년의 주부)
고모 (남편과 별거 중인 혜숙)
할머니 (노망이 든 치매환자)
미나 (큰딸)
미림 (미나의 연년생 여동생)
경숙 (고모의 여고 동창생)
용미 (고모의 여고 동창생)
진희 (고모의 여고 동창생)
신애 (미나의 동성 애인을 가장한 친구)
아빠 (미나의)
고모부 (미나의)
청소부
＊고모부와 청소부는 1인 2역을 해도 좋다

때

IMF 시대

장소(무대)

미나네 거실이 주 무대로서, 전형적인 중산층이다.
소파와 흔들의자, 전축, 냉장고, 전화기는 필수적이다. 그 외 가구
등 대·소도구는 너무 화려하지 않지만 은은한 분위기가 돋보여,
이 집 주부의 알뜰한 성품과 고상한 품위를 엿보게 한다.

1

막이 오르면, 미림이가 동그란 조명 속에서 포대기에 싼 갓난애를 어르고 있다.

미림 까꿍, 까꿍… 아휴, 요 귀여운 녀석 좀 봐! 똘망똘망한 눈망울하며… 어, 눈 감지 마. 호호호… 하품하는 것 좀 봐. 에이, 또 잔다. 누나랑 놀잔 말이야. (관객을 향해 자랑하듯) 우리 막내 동생, (강조) 고추예요! 저희 엄마가 마흔다섯에 본 귀염둥이 늦둥이죠. 글쎄, 요 녀석이 안 태어났음 저희 언니는 아직도 남자 옷을 입고 사내 노릇하며 다녀야 할 거예요. 할머니 성화가 오죽했어야죠. 생각할수록 요 녀석이 얼마나 고마운지! 언니는 남동생을 제 손으로 키우래도 키우겠대요. 자기를 남장에서 해방시켜준 것만도 어디라나요. 더욱이 애가 엄마 뱃속에 있을 무렵, 우리 집안 형편을 한번 돌이켜보면 녀석이 얼마나 복덩어리인지 아실 거예요. (거실 쪽으로 손을) 자, 보시겠습니까?

희미한 어둠 속에서 누군가가 전화를 받고 있다. 무대 시나브로 밝아오는데 보니, 엄마다. 미림이의 퇴장과 함께 엄마는 무슨 전화인지 끊고 초조하게 서성인다. 짧은 침묵이 공포처럼 무대를 무겁게 짓누른다.

엄마의 등 뒤로 날카로운 전화벨이 다시 울린다.

엄마는 전화를 선뜻 받지 못하고 머뭇거린다. 전화는 무대를 삼킬 듯이 계속해서 울린다.

엄마가 마침내 수화기를 든다. 그러면 전화가 끊어진다.

이 상황이 두세 번 반복된다.

엄마는 결국 지쳐 쓰러진다. 쓰러진 엄마의 복잡한 머릿속을 상징하듯 온갖 상상 속의 여인들이 등장한다. 엄마와 미림, 할머니와 남자들을 뺀 6명의 출연자들이 변장한 모습이다.

여인1　퇴근하면 늘 입에서 술 냄새를 풍기며 휭하니 쓰러지던 남편이 그날따라 빨간 장미 한 송이를 들고 왔어요. 20년도 넘게 근무한 직장에서 퇴직당하고 나올 때 한 여직원이 눈물을 흘리며 전해주던 꽃이랍니다. 그런 꽃 받아 보셨나요?

여인2　유치원 다닐 때부터 아이에게 늘 하던 말이 있죠. 열심히 공부해라. 애가 초등학교 시절에도 늘 말하죠. 열심히 공부해라. 중학교 때도, 고등학교 시절에도… 대학을 졸업하고 대학원에 들어갈 때도 항상 입버릇처럼 열심히 공부해라. 그러면 아이는 말하죠. (큰소리로) 네에엣! 걔가 올해 대학원을 졸업했는데 갈 곳이 없답니다. 어디에도 갈 곳이 없대요. 누가 우리 아들 갈 곳을 알고 계세요?

여인3　지하철 1호선을 타고 도봉산 입구에 내리면 출근할 때 집에서 입고 나온 신사복을 등산복으로 갈아입는 곳이 있답니다. 혹시 아세요?

여인4 한강 둔치에 자가용으로 출근하여 한강 물에 낚싯줄 던지고 세월 낚는 구조 조정 퇴출 실업자를 보셨나요?

여인5 하루아침에 가정이 해체되어 아빠는 서울역 지하도에, 큰아들은 시골 친척집에, 작은딸은 보육원에 보내는 여관 청소부 아줌마의 눈물을 보셨나요?

여인6 서울 영등포에서 부도난 중소기업 사장의 일가족 자살 이야기를 들어보셨나요?

여인들이 동시에 자신들의 이야기를 반복하면서 사라진다. 이들 사이로 엄마의 갈등이 이어지고, 순간 모두 전화벨이 요란하게 울린다. 4번이 울리고 끊기면 다시 3번, 이어 7번이 울린다. 엄마는 두려움과 희망으로 수화기를 든다.

엄마 여보? 여보세요… 여보! (전화가 끊긴 모양이다)

전화를 끊고 돌아서는데 초인종 소리가 요란하게 울리며 누군가 황급히 문을 두들긴다. 엄마가 조심스럽게 문을 열자 할머니가 빚쟁이처럼 밀어닥쳐 엄마를 잡아끌 듯 무대 중앙으로 나선다. 할머니는 한동안 말없이 엄마를 노려본다.

엄마 어머니, 제발…!

할머니   (뒤로 뭔가를 감추며) 이년아, 배고파. 밥 줘. 아들도 못 낳는 년이 시에미를 굶길 작정이냐. 우리 삼대독자 잘난 아들, 궁뎅이 뎅실뎅실한 시앗 봐서 대 이으라 했다고 이 시에 미 구박하는 게지. 배고파! 배고파! (뒤로 감췄던 것을 불쑥 내 밀며) 이걸 품에 지니거라. 먹는 게 아냐.

엄마   (받으며) 또 뭐예요?

할머니   내 특별히 부탁해서 사 온 돼지불알이다.

엄마   (떨어뜨리며) 어머나!

할머니   이년이, 시에미 말을 거역할 셈이냐? (주워서 다시 주며) 잘 말린 것이니, 냄새도 안 날 게다. 먹는 게 아냐.

엄마   (마지못해 받으며) 어머니, 제 나이 벌써 40대 중반이에요. 그 리고 지금은 그럴 상황도 아니고….

할머니   (엄마의 옷을 들추며) 내가 지난번에 구해준 속고쟁이 잘 입 고 있는 게지? 그것도 먹는 게 아냐.

엄마   네, 어머니.

할머니   (문득 생각난 듯 주방 쪽으로 시선을 돌리며 냄새를 맡는다) 돼지갈 비다, 돼지갈비야. 내가 돼지갈비를 좋아하는지 어떻게 알 고… (주방 쪽으로 가다 말고) 돼지갈비는 먹는 게 맞쟈?

할머니가 요란스럽게 나가자, 다시 적막감이 찾아든다.

엄마는 막막한 듯 숨을 길게 내쉰다. 전화벨이 적막을 깨며 울려 서 무대를 휘감는다. 때마침 초인종 소리가 연이어 울려댄다.

두 소리에 질려버리는 엄마가 한쪽에서 그대로 멈춰 선다.

고모   (커다란 가방을 들고 한쪽 손으로 휴대폰을 받으며 들어온다) 그래, 이년아, 이번엔 정말 끝이야. 빨리 와. 너희들하고 술 한잔 해야지, 아니면 돌아버릴 것 같애. (전화를 끊으며) 문도 안 잠그고, 다 어디 간 거야? 얘, 미나야, 미림아, 어디 있니? 고모 왔다. 언니, 나 왔수. (집 전화벨 소리를 듣고) 진짜 어디들 간 거야? (수화기를 들며) 여보세요, 여보세요? 감이 왜 이래… 오빠유? 글쎄, 누굴 찾는데요? 이집 안방마님요? (불쾌하다고) 그런 사람 외출하고 없어…! (전화가 끊어진다. 수화기를 내려놓고 혼잣말처럼) 웬 남자…? (엄마를 발견하고 깜짝 놀라며) 엄마야!

할머니   (빵을 게걸스럽게 뜯어먹으며 나온다) 나 불렀냐?

고모   어… 엄마, 나 왔수.

할머니   (딸도 못 알아보는지) 왜 이제 온 게야?

고모   그렇게 됐수. 글쎄, 윤 서방이 이번엔 정말로 나가래.

할머니   (그때까지도 멍하니 서 있는 엄마에게 악다구니하듯) 저년이 또 나가라는 게지. 내 뭐랬더냐, 이놈아! 아들도 못 낳는 저 지독한 돌치년 쫓아내고 튼실한 새악씨 들여서 일찌감치 고추농사 지으랬지? 아들네 집에 가서 밥 먹고 딸네 집에 가서 물 마신단다. (가슴에 주먹질하듯) 이놈아, 천하에 바보 머저리놈아! 네놈 대에서 손을 끊고 죽으면, 조상을 어떻게 볼 게야!

고모   (어리둥절하며) 왜 그래, 엄마. 나야, 나. 엄마 딸 혜숙이라고.

할머니   (가슴을 뒤지며) 내가 준 부적은 늘 지니고 있지?

11

고모	이러지 마, 엄마. 간지러워.
할머니	그래도 부끄러운 줄 모르고 헤헤 웃어? 터진 입구녕이라고 웃음이 나오냐, 이놈아?
고모	엄마, 나야, 나! 오빠 아냐.
할머니	이제 에밀 속일 셈이냐? 제 아들도 몰라보는 에미도 세상에 있다더냐, 이놈아. 에미가 노망 들었나구.
고모	(짐짓 남자의 목소리를 흉내 내며) 아니유, 어머니. (혼잣말로) 그저 오나가나 그놈의 고추타령!
할머니	고추는 먹는 게 아냐. (흔들의자에 앉으며) 고추는 먹는 게 아니라고….

전화벨 소리가 울린다. 그때야 정신이 드는지 소스라치게 놀라는 엄마, 이를 의아해하며 고모가 전화를 받으려 한다.

엄마	아니요, 고모. 받으면 안 돼요. 네 번, 두 번, 그리고 한 번….
고모	무슨 소릴 하는 거예요, 내 전화유? (핸드백에서 휴대폰을 꺼내 전화를 받는다)
엄마	요즘 내 정신이…
고모	(남이야 어떻든 상관없이) 누구… 뭐하는 거야, 아직 안 오고. 엎어지면 코 닿을 데… 벌써 도착했어? (초인종 소리) 오케이, 그럼, 열렸지. 어서 들어들 와.
엄마	누구…?

고모   친구들.

고모의 친구들인 경숙과 용미가 휴대폰과 양주를 각자 들고 서부의 총잡이들처럼 음악에 맞춰 등장한다. 고모가 이에 응한다.

경숙   (휴대폰을 들고 뽐내듯) 네잎클로버 회장 김혜숙 여사, 인형의 집을 탈출한 그 가상한 용기를 축하한다, 축하해. 역시 너는 개척정신이 투철한 우리들의 선구자, 리더야.

용미   (술병을 들고) 선구자는 용감해야 돼. 이혼? 까짓 거, 이혼하면 하는 거다. 겁날 거 하나 없어. 우리가 있잖아, 영원한 우정 네잎클로버!

경숙   여고 동창생이 좋다는 게 뭐겠니. 김혜숙 여사 재혼 추진 위원회라도 만들어 멋진 새 짝 찾아주면 될 거 아니냐구. 체인징 파트너! (음악에 맞춰 고모를 붙들고 블루스를 짧게 춘다)

용미   널 위해 준비했어. 50년 동안 우릴 위해 준비된 스코틀랜드산 양주, 한잔 하실래요, 싸모님.

고모   이런 미인들이 유혹하는데 안 넘어갈라고. 오케이!

모두들 웃으며 숨을 고르듯 자리에 앉아 술잔을 부딪친다. 엄마는 말문이 막히듯 시종 어이없이 바라보고만 있고, 할머니는 뜻밖에 좋은 구경거리가 생겼다고 싱글벙글 웃는 모습이 꼭 천진난만한 어린아이 같다. 엄마가 할머니를 보살펴주기도 한다.

고모   이럴 때 진희도 있었으면 얼마나 좋아. 우리 네잎클로
         버 클럽에 이가 빠진 것 같다, 얘. 그년은 왜 소식조차
         끊었지?

경숙   과부 유세하나 보지 뭐, 지독한 년! 우리가 보고 싶지도
         않나?

용미   잘난 체 하기 좋아하다가 갑자기 남편을 교통사고로 잃고
         충격이 컸을 거야. 주말마다 남편 무덤에 꽃 갖다 바치며
         새끼들 잘 키워서 시집장가 보내놓고 팔자 고치겠노라 큰
         소리 탕탕 치더니…

고모   보험 설계사 하며 친정집까지 부양하느라 고생한다는 소
         식까진 들었는데, 그 뒤 이사하고는 그만이야. 학교 다닐
         때부터 집안이 좀 어려웠잖아.

경숙   남동생은 뭐하고?

고모   순 망나니래. 누나한테 용돈 안 준다고 주먹까지 휘두른
         다니, 경찰은 그런 놈 안 잡아가고 뭐하는지 몰라. 멀쩡한
         남동생 때문에 친정 부모 기초생활비 수급 혜택도 못 본
         댔지, 아마.

용미   그러게 아들도 다 소용없다니까. 여고 시절 우리 넷이 대
         학생인 네 오빠한테 과외 받던 일이 엊그제 같다. 진희가
         공부를 제일 잘했는데?

경숙   공부 잘하고 깜찍하게 생겼다고 니네 오빠가 무척 귀여워
         해줬잖아. 오빠 잘 있지?

고모   요즘 다들 힘들잖아. 그래도 너희들이 몰려오니까 내가

웃는다.

경숙   그래, 웃고 살자. 찡그리면 주름살만 늘어, 이것아.

할머니   (빵을 게걸스럽게 뜯어먹다 말고) 잠꾸러기 집엔 잠꾸러기만 모인다더니, 이년들아! 초년 고생은 만년 낙이여! 알어? 초년 고생 만년 낙! 만년 낙!

경숙   어머, 어머니, 안녕하셨어요?

엄마   어서들 오세요.

용미   어머, 언니도 있었네.

엄마   (차라리 이들의 모습이 부럽다는 듯) 네, 신경 쓰지 말고 재미있게 노세요. (고모에게) 전화 와도 받지 마세요. 제가 알아서 받을게요. (자리를 피해주듯 퇴장한다)

경숙   (퇴장하는 뒤를 보고) 한 아들에 열 며느리지, 열 며느리… 자기도 여자고 자기 딸도 여잔데, 늬 엄마 여전하시지?

고모   우리 언니도 보통 아냐. (잔을 가져오며) 이번에도 말뿐인 건 아니겠지?

용미   물론, 이날을 위해 준비해 뒀지.

경숙   용미야, 내 짝도 준비했겠지?

용미   꿈 깨. 자급자족.

경숙   에이, 상부상조~오!

용미   능력껏!

경숙   근데, 이번엔 또 왜 보따리 쌌어? 남편을 영원히 정리 해고할 생각이 아니라면 파업 그만하고 화해해. 윤 차장만한 남편도 없어, 얘.

고모	이번에는 그냥 안 넘어갈 거야. 이혼소송 준비 중이라구.
경숙	(농담조로) 얘, 버리려거든 나나 줘.
용미	(맞장구) 폐품 활용하게?
경숙	요즘 경제가 어렵잖니. 재활용 지상주의! 버린 것도 잘 고쳐 쓰면 신품 못잖다구. 시쳇말로 아나바다, 몰라?
용미	참, 너 처녀 때 혜숙이 남편 좋아했지?
고모	그때 경숙이한테 콱 줘 버릴 걸 그랬나?
용미	칼부림 났게?
경숙	(짐짓 나무라듯) 얘들이, 지금! 그래, 남편이 애송이 꿰차고 딴살림이라도 차렸어?
고모	그럴 만한 위인도 못돼.
용미	도대체 이유가 뭐야, 그럼?
고모	(대수롭잖게) 성격차이지, 뭐. 플러스 그놈의 고추타령!
용미	고추, 고추… 성(性), 격차? (속삭이듯) 섹스 트러블?
고모	(신바람 나게 험담을) 이건 맨날 열두시 땡이야. 집에 들어와선 씻고 자기가 바빠요. 은행에서 안 잘리고 복지부동 낙지부동, 살아남으려면 어쩔 수 없다는 핑계지. 그러면서 입에선 술 냄새가 풀풀 나고… 6·25 이후 최대의 경제난국이라고들 온통 야단이잖아. 남들은 술친구도 뿌리치고 일찍 귀가해 마누라와 삼겹살 구워 놓고 오붓하게 소주 마신다는데… 나는 완전히 뒷전이야. 지쳤어. 그러면서 그놈의 아들 타령은….
용미	우리처럼 명예퇴직 안 당한 것만도 다행인 줄 알아. 행복

에 겨웠구나, 이 여편네. 늬네 남편 다니는 은행, 외국 자
본주에 넘어간다고 신문에 크게 났더라?

고모 그렇게 죽으랍시고 일해주는데 자르겠니? 아무리 구조조
정에다 정리해고라 해도 우리 남편만은 끄떡없을 거야.
인동초처럼! 그나저나 늬 남편 명퇴당한 후 부부 금슬이
더 좋아졌다며?

경숙 주구장창 붙어 있는데 할 일이 뭐 있겠니. 지겹다 얘, 지겨워.

고모 내 그 인간은 의무방어전도 힘들어. 어쩌다 치러도 번갯
불에 콩 구워 먹기 바쁘다구. 자기 위주고 상대방 배려는
전혀 없는 거 있지. 그러고도 마치 큰 선심 베푼 양, 금세
크르렁 컹, 크르렁 컹, 코 골고 자는 꼬락서니란… 기가 막
혀 눈물이 나더라니까. 그 비참하고 참담한 심정, 누가 알
겠니. 소리 안 나는 총이 있다면 그냥 (손가락 총으로 우스꽝스
레 경숙이나 용미를 겨누며) 쾅, 쾅, 쾅! 벌써 두 달째야.

경숙 톡 까놓고, 그 문제라면 남편과 대화를 통해서 얼마든지
해결할 수 있는 거 아니니? 노력하다가 정 힘들면 용미처
럼 힘센 정부를 두든지?

용미 정부라니? 내가 무슨 참여정부야? 얘가 무슨 말을 그렇게
음침하게 해. 애인이야, 연인…삼빡한!

경숙 그게 그거지, 뭐.

고모 (노래로) '애인은 아무나 하나, 연인은 아무나 하나~' 연인
은 아무나 두니? 용미처럼 능력 있는 수완가라면 모를까.
적어도 남편이 국영 기업체 국장쯤은 돼야….

17

용미   말도 마, 얘. 우리 그이도 간댕간댕해. 정권도 바뀐데다, 공무원까지 감축하는 세상 아니니. 요즘은 남쪽 지방 사투리 연습 중이랑게. 맞습니다, 맞고요!

고모   아무리 우는 소릴 해도 넌 금메달이야. 요즘은 애인을 몇이나 키워? 둘? 셋? 넷?

용미   (내심 싫지는 않은 듯) 얘들이 누굴 바람둥이로 아나 봐.

고모   둘이고 셋이고 애인은 내가 있어야 되는 거 아니니. 부익부 빈익빈이다, 얘.

경숙   시간 불문, 장소 불문! 전화 한 통화면 총알처럼 차 몰고 와서, 공주처럼 모시고 가는 애인 가진 여편네는 좋겠다?

용미   (짐짓 뽐내듯) 심심하면!

고모   그러니까 넌 금메달이야. 우린 애인 없는 노메달이니까…

엄마   (밖으로 나오며) 아니요, 목매달이죠.

모두   (놀란다)

고모   언니…!

할머니   이년들아, 초년 고생은 만년 낙이여, 만년 낙!

엄마   (잔을 들며) 고모, 저도 한잔 주세요.

고모   네…?

전화벨이 울린다. 고모가 받으려 한다.

엄마   아니요, 고모. 네 번, 두 번, 그리고 한 번이 울리면 받으세요.

고모　언니, 도대체 왜 그래요? (무시하고 수화기를 들어) 여보세요, 당신…? 누구요? 잠시만 기다리세요. (엄마에게) 언니, 전화 받아요.

엄마　네…? 아…직, 안 돼요. 제발… 안 돼요, 안 돼요! (전화를 끊어버리고 방으로 들어간다)

고모　(수상하다고) 언니!

할머니　이년들아, 초년 고생은 만년 낙이여, 만년 낙!

고모　(어색해진 분위기를 바꾸려고 순간적으로 표정을 우정 밝게 바꿔) 하여튼 애인 없는 못난이 죄인들은 다 목매달아 죽여야 한다니까.

경숙　(기분 전환하자고) 야야, 죽을 땐 죽더라도 우리 모처럼 만났는데….

고모　(술잔을 들며) 그래, 한잔 짜안! 부딪치고 몸 좀 흔들자. 스트레스 확 달아나게! 세상이 복고풍이라는데 처녀 시절처럼 디스코, 어때?

용미　늬네 엄마 시끄럽지 않으시겠니?

고모　어쭈구리, 귀 막으라고 솜 갖다 드려? 귀먹은 노인네라고 여태 무시하고 실컷 떠든 주제에 새삼스럽긴! 우리 엄마 눈이라도 좀 즐겁게 해주자고. 늬네들 학교 다닐 때 우리 집에 오면 엄마가 얼마나 잘해 주셨니? 있는 거 없는 거 알뜰히 챙겨 먹였잖아.

용미　음식 솜씨도 참 정갈하셨지.

경숙　어디 음식뿐이냐.

고모	늙고 병들면 다 소용없단다.
경숙	그럼 빚 갚는 셈치고 위문 공연 한번 하자구.
용미	그래, 집안 분위기도 바꿀 겸.
고모	좋지!
모두	(잔을 서로 부딪치며) 우리 네잎클로버의 영원한 우정을 위하여!

고모가 얼른 마시고, 전축 쪽으로 간다. 나머지 사람들은 춤출 공간을 확보하는데, 때마침 또 전화벨이 울린다.
고모가 수화기를 받으려다 말고 멈칫하며 전화벨 소리를 센다.

고모   네 번, 두 번, 그리고 한 번…! (전화기를 들고 엄마의 목소리를 흉내내며) 아, 여보세요. (실망하며) 미나니? 응, 고모. 아빠? 글쎄…, 아직 연락 없었어. 아빠 해외 출장에서 언제 돌아오신대? 몰라? 얘, 그런데 집안 분위기가 왜 이러니? 글쎄, 할머니도 저러신데, 너네 엄마 이래도 되는 거니? 혹시 고모 친정살이 왔다고 지레 시위라도 하는 거라면… 고모도 이 집안에 유산권이 있는 가족이다. 친구들이 와서 한잔했다, 왜? 얼씨구, 고모 걱정까지… 그래, 내 사랑하는 조카야! 우리 친구들 춤추고 놀 거다? 어서 와. (전화를 놓고 돌아오면서 혼잣말처럼) 중소기업 운영이 요즘처럼 힘들 때도 없다는데 말이야. 사장이 직접 외국까지 뛰어다니며 돈 벌어다 주는데, 알뜰살뜰 살림이나 잘할 일이지, 이 복 많은 사모님은 도대체 왜 이러는 거야, 정말….

경숙 늬네 오빠 사업은 잘되지? 한데, 가만… 방금 너, 우리보고 하는 소리 같다?

고모 너희들도 반성해, 이년들아.

용미 너나 잘해.

경숙 (가성으로 어눌한 아이처럼) 그럼 우리 단체로 반성하면 되남요? 뭐든지 단체면 DC가 되잖아. 경제적으로 놀아야지.

할머니 이년들아, 초년 고생은 만년 낙이여, 만년 낙!

이래저래 또 한 차례 웃는데, 고모가 음악을 디스코 곡으로 바꾼다. 기다렸다는 듯 괴성까지 지르며 신바람 나게 디스코를 추는 여자들!

할머니도 덩달아 좋다고 팔과 어깨를 우스꽝스레 들썩인다. 친구끼리 서로 어우러지며 폭발적이고 그로테스크한 춤 솜씨를 맘껏 뽐내는데, 초인종 소리가 요란하게 울려댄다.

엄마가 뛰어나와 문 쪽으로 향하자, 미림이 들어온다. 미림은 눈앞의 광경에 웃지도 화내지도 못하고 잠시 엄마를 바라보다가 시계를 보더니, 조용히 소파에 앉는다.

엄마가 미림의 눈치를 살피며 전축을 끈다.

그때까지 미림이 들어오는 줄도 모르고 춤추던 여자들이 조금은 당황하고 멋쩍어 한다.

고모 미림이 왔니? 친구들이 반쪼가리 된 내 처량한 신세를 위

21

문해 준답시고 왔길래….

경숙   아… 안녕, 미림?

용미   왔니?

미림   (말없이 일어나 인사한다)

엄마   미안해요. 재밌게 노시는데 전축을 꺼서… 제가 오늘 좀
      이상하죠? (시계를 보고) 사실은 애 언니 미나가 신랑감을
      데리고 온다고 해서… 이해해 주세요.

고모   그게 아닌 것 같은데…?

경숙   (이상한 낌새의 분위기를 느끼고) 혜숙아, 우린 그만 갈게.

엄마   더 노시다들 가세요. 우리 미나 신랑감 채점도 좀 해주시
      고요.

고모   그래, 너희들도 우리 조카 배필감 구경하렴. 저녁 먹고 가.

용미   (짐짓 시계를 보고) 어머, 벌써 시간이 이렇게 됐나? 남편이
      일찍 퇴근한다고 했는데, 시장도 들러야 해.

할머니 왜 춤 더 안 추는 게야? 인제 막 흥이 붙었는데, 앗싸! 흥
      붙자 파장이란 말이냐?

경숙   또 놀러 올게요, 어머니. 오늘만 날인가요?

할머니 그래, 오늘만 날 아니지. 늙은이 목숨은 기약이 없어. 장담
      못해. 장담 못한다구!

용미   어머니, 건강하세요.

엄마   마치 쫓아내는 기분이 드네요. 죄송해요.

경숙   아니에요, 잘 놀다 가요.

고모   또 연락하자. (부리나케 나가는 친구들을 바라보다가 엄마에게) 언

니, 오늘 정말 왜 이래요? 그날이유?

엄마 미안해요, 고모. 나중에 다 알게 될 거예요.

고모 그나저나 오빠도 없는데, 갑자기 웬 선?

엄마 글쎄요, 무슨 꿍꿍이속인지 아빠가 없을 때 뜬금없이 만나보라고 생떼를 쓰니… 본고사 전에 예비고사라나요. (미림을 보며) 미림이가 졸업도 하기 전에 시집간다고 깡총거리니까 언니인 제 자존심이 무척 상했나 보죠.

고모 남자 옷을 입고 다니면서도 어떻게 남자를 사귀었나 봐. 하긴, 새도 염불을 하고 쥐도 방귀를 뀌지.

엄마 네?

고모 재주도 참 용하다구요.

할머니 (빵을 먹으며 엄마를 보고) 이년들아, 밥 줘. 아들도 못 낳는 년들이, 쌍으로 이 에미 굶길 작정이냐. 배고파! 아이고, 배고파!

고모 점심 실컷 드시고 또 이러신다. 아까 드셨잖아요. 빵도 계속 드시고!

할머니 애비야, 아, 글쎄 저년이, 작년에 주고 지금까지 날 굶겼단다. 작년 크, 크리스… 굶었스마스 때 밥 먹고 여태 못 얻어먹었어. 내 저승길이 머잖은데, 먹고 죽은 귀신은 때깔도 곱대더라. 이년들아, 초년 고생은 만년 낙이여, 만년 낙!

엄마 고모, 어머님 방으로 좀 모시세요. (시계를 연신 보고 초조한 듯) 미나 올 시간이 다 됐어요.

고모 (삐딱하게) 언닌 바빠서 좋겠수. 아깐 웬 남자한테 전화가 왔습디다.

엄마   …! (무언가 말을 하려다가 숨기듯, 황당한 기색이다)

고모   (할머니를 부축하며) 엄마, 방에 들어가. 밥 차려온대.

할머니   저년이 또 몰아넣는 게지. (고모를 때리며) 애비야, 저승 가서 어찌 네 조상님들을 뵈올꼬…! 꼭 하나 낳아야 한다. 그것도 건실한 왕고추로 말이다!

고모   (강제로 이끌고 웃으며) 아이고, 아파, 엄마. 때리지 마.

할머니   그래도 부끄러운 줄 모르고 헤헤 웃어? 터진 입구녕이라고 웃음이 나오냐, 이놈아?

고모   또 그 말, '부끄러운 줄 모르고… 터진 입구녕'… 엄마, 나야, 나! 오빠 아냐.

할머니   (자주 반복하는 말인 듯) 이제 에밀 속일 셈이냐? 제 아들도 몰라보는 에미도 세상에 있다더냐, 이놈아. 에미가 노망 들었냐구.

고모   못 말려!

그 말에 엄마와 고모가 눈길을 마주하며 기어이 웃음을 참지 못한다. 소리 없이 웃는 가운데 고모와 할머니가 퇴장하자, 엄마는 잠시 머리가 어지러운 듯 정신을 가다듬고, 테이블 등 주변을 정돈한다.

미림   언니한테 연락 있었어, 엄마?

엄마   아직.

미림　아빠는?

엄마　글쎄다.

미림　여태 가만있다가 내 결혼식을 앞두고 꼭 이렇게 서둘러 짝짓기를 해야 하는 거야. 정말 김새게.

엄마　다 너 때문이다, 이 철부지야. 대학이나 졸업하고 아빠 회사일 좀 도와주다가 결혼하면 어디 덧나냐? 뭐가 그리 급해.

미림　준호 씨가 결혼해서 같이 유학 가자는데, 하늘이 준 기회를 놓칠 수야 없지. 아빠 돈 번 거잖아. 따로 유학 보내려 해봐, 지금 같은 시기에 그게 얼만데?

엄마　이러니까 할머니께서 딸은 필요 없다고 하시는 거야.

미림　할머니도 너무하셔. 언니만 해도 그래. 어릴 때 사내 옷 입혀 남자처럼 키우셨으면 됐지, 초·중·고등학교 땐 잠잠하시다가 대학 들어가니까 또 그 병 도지실 게 뭐람. 아들, 아들, 아들… 어이구, 징그러워, 아들 타령!

엄마　(나무라듯) 말버릇하고는!

미림　그렇잖아, 언니가 무슨 죄야. 한창 남자들하고 미팅이나 하고 다닐 시절에 남장이라니! 바지에 양복, 넥타이, 커트 머리… 근데도 남자를 고른 걸 보면, 언니도 보통이 아니야. 그치, 엄마? 내숭!

엄마　옛부터 언니만 한 동생 없다고 했다. 너 같으면 할머니가 남장하라신다고 고분고분 따르겠니?

미림　(펄쩍 뛰며) 아니! 차라리 죽으라시면 죽겠어. (짐짓 따지듯 정색을 하고) 엄마, 말은 정확히 해야지. 형만 한 아우 없다는 말은 있어도 언니만 한 동생 없다는 말은 없어.

엄마 (피식 웃으며) 그게 다 남존여비, 가부장적인 언어 유물이야. 고작 한 살 차이밖에 안 나는 연년생인데도 언니동생이 왜 그리 다르다니?

초인종 소리가 울린다. 엄마가 갑자기 긴장하여 들고 있던 무언가를 떨군다.

미림 엄마, 왜 그래? (밖에 대고) 들어오세요, 문 열렸어요!

초인종이 연신 울리다가, 남장 차림의 미나가 혼자 등장한다.

미림 언니! (실망한 듯 입구를 둘러보며) 언니, 후보감은? 왜 혼자야?
엄마 … 같이 안 왔어?
미나 (밖에 대고, 남성적인 분위기로) 들어와. 괜찮아!

신애가 다소곳이 고개를 숙이며 들어온다. 엄마와 미림 나온다. 남자 아닌 여자의 출현에 어리둥절 의아해한다. 고모가 나온다.

고모 미나 왔니? (신애를 보고) 친구랑 같이 왔구나. 신랑감은? 인사시키러 온다며? 기대가 크다, 애!
미나 (신애에게) 인사해. 우리 가족들이야. 엄마, 고모, 내 동생 미림이…

신애　박신애라고 합니다.

고모　(불안스레) 누… 누구니?

미나　(당당히) 사랑하는 사이, 우리 결혼할 거야.

모두들 경악한다.

고모　너, 방금 뭐라고 그랬니? 그, 그럼, 동성연애…

미림　언니가 레즈비언이란 말이야? 이반(2班)!

엄마　(시어머니 생각에) 아이고, 어머니!

충격으로 쓰러진다. 미림이와 고모가 엄마를 붙든다.

미림　엄마! 엄마!

고모　언니, 정신차려요!

신애　(되레 이해가 안 간다고 제스처를 크게) 미나씨, 내가 뭐 잘못했
　　　나요?

미나　(걱정 말라고 신애의 손을 꼭 잡고, 무언가 결심한 듯) 나가, 우리를
　　　이해할 수 있는 세계로!

신애의 손을 이끌고 뛰어나간다.

암전.

2

무대 다시 밝아지면, 미나의 집에서 가까운 공원이다.

벤치에 진희가 여자인지 남자인지조차 알아볼 수 없을 정도의 남루한 행색으로 돌아누워 있다. 영락없는 노숙자다.

청소부가 혼자서 뭐가 즐거운지 춤이라도 출 듯 경쾌한 몸짓으로 '쨍하고 해뜰 날 돌아온단다~'를 부르며 등장한다. 노래는 요즘 유행하는 빠른 템포의 신나는 노래라면 어느 것이든 상관없다. 발등에 당장 불이 떨어져도 노래나 부를 낙천적인 성격이다.

청소부는 빗질을 하다가 노숙자를 발견한다.

청소부 쯧쯧, 공원에 비둘기 대신 노숙자만… 이놈의 아임프(아이엠에프가 아니라) 귀신을 빗자루로 싹싹 쓸어 쓰레기통에 처넣었으면 얼마나 좋아. 에잇, 속 터져!

재채기를 하고 코를 휭 푼다. 휴지로 코를 닦아 무심코 버렸다가 아차 싶어 관객을 향해 수줍은 듯 손가락을 입술에 가져가며 배시시 웃고 다시 줍는다. 그는 청소부로서 심히 부끄럽다고 오리궁둥이 춤을 코믹하게 추며 퇴장하려는데, 미나와 신애가 손잡고 헉헉대며 달려와서 숨이 목에 차듯 멈춘다.

청소부는 돌아서서 그들을 힐끔대며 건성으로 빗질을 한다.

신애	(왠지 조금은 신파기가 묻어나게) 앞으로 어떻게 되지?
미나	어떻게 되긴, 어제와 똑같지!
신애	식구들 태도 보고도 그래?
미나	뛰쳐나왔잖아.
신애	자신 있어?
미나	우리는 서로 인격체로 만난 거야. 사랑할 권리가 있어.
신애	편견과 오해의 벽이 너무 높아.
미나	이 세상에 사랑으로 극복 못할 건 아무것도 없어. (남자들처럼 와락 끌어안으며) 사랑해, 신애야.
신애	(꼭 안겨) 사랑해!

두 사람이 열정적인 포옹을 하고 있는데, 청소부가 멀찌감치 떨어져 호기심 있게 바라보며.

청소부	아니, 저건 또 뭐야? (이끌리듯 다가가서 유심히 보고는) 이런 세상에, 사람이 가까이 와도 모르고… 말세야, 말세!

못 볼 것을 봤다는 듯 고개를 쩔레쩔레 흔들며 뒷걸음치듯 퇴장한다. 때마침 경숙이와 용미가 등장하면서 그와 부딪힐 뻔한다. 그가 허어이 새를 쫓듯 손사레를 치며 나가자 여자들은 이상한 청소부를 다 본다고 피식 웃는다.
여자들은 금세 그를 잊고 누구를 찾듯 두리번거린다.

경숙	이 공원이 맞지?
용미	전화에서는…

미나와 신애의 포옹 모습을 보고 괜히 화들짝 놀라며 몸을 숨기
듯 뒷걸음친다.

용미	요즘 젊은 것들이란!
경숙	우린 늙었니?
용미	하여튼 장소 불문, 시간 불문이라니까.
경숙	(짐짓) 어디서 많이 보던 모습이다?
용미	가만, (자세히 보듯) 쟤 혜숙이 큰조카 아니니?
경숙	미나? 그래, 미난 것 같애. 맞아, 미나야.
용미	혜숙이가 일찍 와서 저걸 봐야 하는데…

그때 미나와 신애가 갑자기 떨어지며 일어나 서로 마주보고 손바
닥을 맞부딪쳐 하이파이브를 하는가 하면 배꼽을 잡듯 깔깔대며
웃는다.
경숙이와 용미가 숫제 몸을 숨기고 흥미진진하게 지켜본다.

미나	(겨우 웃음을 참고) 신애야, 너 우리 식구들 쇼크 먹은 거 봤 지? 아, 통쾌해!
신애	너네 할머니가 보셔야 되는 거 아니었니?
미나	소용없어, 치매야!

신애 그러시면서도 니 옷차림만은 용케 알아보셔?

미나 (고개를 끄덕이며) 이번 쇼는 할머니 때문만 아니야. 남장도 억울한데, 내 동생 미림이 있지? 고 앙큼한 계집애가 글쎄, 이 언니를 추월해서 시집가겠다니까 괜히 심통이 나는 거야. 아이, 고소해!

신애 그래도 너무 심한 거 아니니. 너네 엄마 기절까지 시키고….

미나 아냐, 아냐… 너 연기 한번 끝내 줬어. 이번 탤런트 시험엔 무조건 합격이야. 떨어지면 이건 부정이 있는 거라구. 내가 보장해. 아무튼 실습 한 번 끝내주게 했지?

신애 너도 함께 시험보지그래? 누가 진짜 배우 지망생인지 모르겠더라. 배우 뺨치던데?

미나 내가 붙고 네가 떨어지는 불상사가 생길까 봐 못 보겠다, 왜? 연출 파트라면 또 모를까. 아무튼 당분간은 널 요긴하게 써먹어야겠다? (윗도리를 벗어 들고 하늘 높이 팔을 벌리며) 아, 남장의 굴레에서 해방되고 싶어라! (새삼 능청스럽게) 신애, 나가. 우릴 이해해주는 저곳으로…! 가자, 우리를 이해할 수 있는 세계를 향하여! (웃는다)

신애 (함께 웃으며) 너 정말 해방된 민족으로 집에 안 들어갈 거야? 내 방에서 잘 거냐고?

미나 하룻밤쯤은 칙칙폭폭, 포옥 속 썩여 줘야 오늘의 우리 연기가 더욱 빛나는 거 아니겠니? 우리 엄마 내일 당장 내 신랑감 구하러 나서겠지. 말만 한 딸이 동성연애하라고 방치해 두겠어? 오늘밤은 너와 동숙, 동침할 거야요!

신애 요 애물단지! (정색을 하고) 이러다 우리 진짜 이상한 감정
생기면 어떡하니? 레즈비언이 처음부터 타고났겠어?

미나 (닭살 돋는다고 눈을 묘하게 흘기며) 징글러브유다, 애! 그나저
나 우리 야외공연엔 관객이 너무 없었지? 노숙자가 득실
댄다던데…

경숙 (나서며) 관객들 여기 있다?

미나 아줌마! 여긴 어떻게… 보셨어요?

경숙 그래, 봤다, 어쩔래?

신애 (짐짓 쑥스러운 듯 어색하게) 안녕하세요?

용미 너희들 뭐하는 거였어?

미나 (웃으며) 보셨다면서요? 그대로예요.

경숙 어디까지가 연극이니? 웬 쇼냐구?

용미 (아직도 감이 안 잡힌다고) 어지럽다, 어지러워…

경숙 미나야, 우리 아무한테도 말하지 않을게. 말해 봐. 너희들
동성연애자 아니지? 우리가 보는 걸 눈치 채고 막판에 쇼
부린 건 아니겠지?

고모가 등장한다.

고모 어디 쇼 들어왔어? (미나를 노려보고) 미나야! 너희들 지금
여기서 뭐하고 있었어? 집안을 쑥대밭으로 만들어놓고!
정말 정신 못 차리겠어?

신애   사실은 그게 아니고요…

고모   너도 정신 차려! 세상에 남자도 얼마든지 많은데 하필이면…

경숙   (짐짓 걱정하듯) 쑥대밭이 됐었니?

용미   (쿡쿡 웃으며) 미나 때문에?

고모   너희들은 몰라도 돼. 진희는 어딨어? (미나에게) 어서 집에 들어가지 못해? 늬네 엄마 다 죽게 생겼단 말이야.

미나   (외려 반갑다고) 여기서 진희 아줌마 만나기로 했어요? 그간 진희 아줌마 어디서 사셨대요? 에이, 시시하다. 오랜만에 네잎클로버 멤버들이 다 만나는데 공원에서 만나요? 학창 시절도 아니고!

경숙   그러게 말이다.

미나   야외 전원 카페나 호텔 커피숍 정도는 돼야지. 여기에서 만날 바엔 차라리 가까운 우리 집에서 만나지 그래요.

용미   너희 집도 한두 번이지. 너 여기서 진희 아줌마 못 봤니?

미나   제가 봤으면 이러고 있겠어요? 보시다시피 없잖아요.

아무리 둘러봐도 노숙자의 뒷모습 한 사람뿐이다.

고모   너 진짜 집에 안 들어가고 계속 조잘댈 거야? 고모 화 낸다!

미나   (일부러 겁먹은 듯) 아, 알았어, 고모! 가자, 신애야.

신애   안녕히 계세요.

미나	저 갈게요.
고모	집에 똑바로 안 들어가면 알아서 해.
미나	알았다니까. 고모나 일찍 들어와.

미나와 신애가 나란히 인사하고 퇴장한다. 퇴장하면서 고모 약 오르라고 보란 듯이 미나가 신애의 손을 다정히 잡자, 신애가 기다렸답시고 미나의 품에 안겨 걷는다.
고모는 울화가 치미는지 뛰어가며.

고모	저것들이!

그들은 도망치듯 재빨리 모습을 감춘다. 고모가 주먹으로 가슴을 치며 돌아선다.

경숙	너 처녀 때 생각난다.
고모	내가 어땠는데?
용미	거래처가 한둘이었어? 늬 엄마 속깨나 썩였지.
고모	처녀가 총각 좋아하는 건 당연하다, 얘. 여자가 여자를 좋아하니까 문제지. 적어도 난 이 따위 일로 부모 속 안 썩였어. 하긴 지금도 남편하고 싸워 보따리 싸갖고 온 주제에…
경숙	국어 선생 좋아하더니 주제 파악은 확실히 하네. 걱정 마, 얘. 미나, 걱정할 일 아냐.

용미   (대단한 비밀인 양) 그래, 우린 알아. 넌 모르지?

고모   얘들이 지금 누구 약 올리나? 그나저나, 진희 이년은 왜 안 나타나? 지가 먼저 전화했다면서? 여기가 맞긴 맞는 거야?

노숙자가 들릴락말락 신음소리를 낸다. 그러나 세 여자는 잠시 돌아보고는 그만이다. 무관심 일변도인 것이다.

경숙   여기까지 와서 집에 몇 번이나 전화했대. 통 전화를 안 받더래요.

고모   당연하지. 우리 친정집 전화가 어디 정상이냐? 올케의 그 사이일인지 일이산지… 몇 번 끊긴 전화가 그럼 진희 거였나? 바보같이, 예까지 찾아왔으면 집에 막바로 오면 되지, 전화는 왜 해.

용미   그랬으면 우리 넷이 벌써 다 만났겠네.

경숙   진희 이야기를 그렇게 해쌓았는데…

용미   걔가 원래 학교 다닐 때부터 엉뚱하잖니. 여고 시절 우리가 자주 만나던 이 공원이 그리웠겠지. 남학생들깨나 울렸으니까.

노숙자가 다시 신음소리를 낸다. 그때야 용미가 이상한 생각이 들어 관심을 보인다.

용미   아까부터 이상한 냄새 같은 거 안나?

경숙   글쎄, 저 노숙자한테서 나는 거 아닐까?

고모   다른 데 가서 기다리자, 얘.

경숙   (묘한 예감이 드는지) 아냐, 그게 아냐… (살피듯 다가간다)

고모   (손을 붙들며) 얘, 어쩌려고?

경숙   약을 먹은 거 같애. 요즘 공원에서 자살하는 노숙자들이
           많다던데…

용미   그럼 파출소 신고부터 해야지.

경숙   (피뜩 집히는 게 있는지 고모의 손을 뿌리치고 달려가 노숙자의 얼굴
           을 확인하고) 얘, 진희야! 너, 진희 맞지?

두 여자도 달려가며.

고모   진희가 왜 거기 있어?

용미   무슨 날벼락이야!

경숙   진희야, 정신 차려! 눈을 떠봐!

용미   쪽지까지 써놓고… 혜숙이 너한테 남겼어.

고모   (유서의 첫머리만 읽는 둥 마는 둥 호주머니에 넣고) 이 바보, 여기
           서 약을 먹고 죽으려 했단 말이야? 빨리 병원에 옮기자!

새삼 궁금한 듯 고모가 쪽지를 꺼내 읽는 것과 동시에 암전되면
서 진희의 목소리가 들린다.

진희   (소리) 혜숙아, 미안하다. 내가 네 오빠를 만난 것은 애 아빠를 잃고 한창 방황하던 시절…

그러나 연이어 앰뷸런스의 사이렌 소리가 멀리서 다가와 어느덧 무대를 압도하는 바람에 진희의 목소리도 그 속에 파묻혀버린다.

3

무대 다시 밝아지면, 낭만적인 카페 분위기의 탁자를 사이에 두고 진희와 아빠가 마주보며 주스와 커피를 마시고 있다. 멜랑콜릭한 배경음악이 남녀의 영혼을 적셔주듯 달콤하게 흐른다.

아빠　　난 진희 네가 아닌 줄 알았어. 얼굴이 말이 아니구나. 소식은 들었다. 남편을 갑자기 교통사고로 잃고 얼마나 놀라고, 상심했니? 하염없이 걷던데, 어딜 갔다 오는 길이야?

진희　　(짐짓 명랑하게) 그럼 차를 세워두고 한참 뒤따라왔단 말예요? 오빠가 무슨 스토커라고!

아빠　　차창에 비친 네 얼굴이 긴가민가해서… 뒷모습도 그렇고. 그나저나, 반갑다. 오랜만이지?

진희　　한때는 오빠 집에 살다시피 했는데. 혜숙이도 만나고, 과외도 하고… 요즘에도 그 계집애들은 변함없죠?

아빠　　(고개를 끄덕이며) 이럴 때일수록 친구들도 자주 만나야지. 진희 소식 없다고들 야단이더라.

진희　　그 철부지 아줌마들이 과부 심정을 알겠어요? 만나고 싶은 마음이야 내가 더하죠. 하지만 이 초라한 몰골로는 당분간…

아빠　　초라한 몰골이라니? 친구들 중에선 진희가 짱인데! 공부도, 얼굴도…

진희 그게 다 무슨 소용이에요. 학교 다닐 때 얘기죠. 옛날 얘기는 아무 소용없어요. 현실은 계약서에 목매달고 사는 보험설계사일 뿐인데…

아빠 보험 해?

진희 하나 들어주실래요?

아빠 물론이지. 계약서 꺼내 봐. 좋은 상품 있으면 소개도 하고?

진희 (계약서 용지를 꺼내며) 보험설계사가 된 후 보름 만에 오빠가 첫 계약자예요.

아빠 이거 영광인데?

진희 제가 영광이죠. 계약하자는 사람도 없는데 다리품 팔며 하 걸어 다녀서 다리도 아프고 기운도 빠져 남편 무덤을 찾아갔어요. 거기서 실컷 울고 오는 길이네요. 그런데 이렇게 오빠를 만나다니…

아빠 남편이 도왔나 보다. 내일 점심때 내 사무실로 와. 점심도 같이 먹고, 소개할 고객들도 만나보고… 그때 나도 함께 계약서를 쓸 테니까.

진희 (소녀처럼 좋아서) 정말요? 오빠, 고마워요! (금세 시무룩해져) 설마 절 동정하는 건 아니시겠죠?

아빠 (눈을 흘기고 볼을 꼬집는 시늉을 하며) 혜숙이나 진희, 너희들 다 같이 내가 사랑하는 누이동생들이야. 오빠만 믿어. 기운 내라구! 매사에 당차고 자신만만한 진희잖아. (방금 생각이 떠오른 듯) 보험일이 그렇게 힘들면, 조그만 양품가게 같은 거라도 하나 해보는 게 어때?

진희   (태평한 말씀하신다고) 밑천이 있어야죠. 남편 과실로 보상금
한 푼 못 받고…

아빠   (잠시 곰곰 생각하는 것 같더니) 좋아, 진희만 좋다면 내가 좀
융통해볼게. 우리 회사 거래처를 통하면 물품도 외상이
가능할 것 같고… 어때?

진희   (눈물이라도 흘릴 듯 와락 안기며) 오빠, 사랑해요!

암전.

4

무대 다시 밝아지면, 환자복 차림의 진희가 동그란 조명 속에 갇혀서 독백하듯 말한다.

진희 (가끔씩 창백한 웃음을 입가에) 그 후로도 오빠는 가끔 전화를 해, 내가 살아가는 데 용기를 잃지 않게 힘을 주곤 하셨지. 그때부터 왠지 네 올케한테 죄를 짓는 것 같아서 너와 친구들한테 일절 소식을 끊은 거야. 오빠가 그렇게까지 도와주셨는데, IMF가 터지는 바람에 장사는 망하고 오빠 돈도 못 갚게 되고… 부도나게 생겼다고 몇 번 연락이 왔어. 돈이 있어야 빚을 갚지. 혜숙아, 정말이지 네 오빠 부도난 거 나 때문이라는 죄책감에 견딜 수가 없었어. 나는 나쁜 년이야. 이제 오빠는 연락도 안 되고, 네 올케에게 마지막 용서를 빌고 죽으리라 집 앞까지 찾아갔으나 들어갈 용기가 도저히 안 났어. 더욱이 집안에서는 음악소리에 왁자지껄 떠드는 소리까지 요란하고… 공원에서 전화를 걸어도 잘 안 받아서 경숙이한테 전화를 한 거야. 혜숙아, 이것만은 네잎클로버 멤버요 친구로서 확실하게 말할 수 있어. 너희 오빠와 나 사이, 순수했다고. 과외선생과 학생, 동생 친구와 친구 오빠, 그 이상도 이하도 아냐. 다만 오빠가 나를 동정해서 도움을 주려다가 그만… 돈도 돈이지만 오빠의 그 순수한 배려를 저버린 것 같아서 마음이 찢어질 것 같애. 네 올케한테도 물론 인간적으로 미안하구. 이것저것 생각하면… 나는 죽어야 해!

암전.

5

무대 밝아짐과 동시에 진희가 유서로 남긴 종이쪽지를 찢어버리며.

고모   아냐, 이 바보야. 너 때문에 부도날 오빠가 아냐. 오빠가 부도났다면 수억, 수십억일 거야. 그깟 돈 몇 푼 된다고… 범인은 IMF야. 그것 때문에 목숨을 버리는 바보가 어딨냐!

엄마가 나오며 가슴이 덜컥 내려앉는지.

엄마   IMF 때문에 또 누가 죽었어요? 병원에 갔다왔다더니…

고모   (눈치를 보면서도) 죽긴 누가 죽어요. 아무것도 아녜요.

엄마   누가 입원했는데요.

고모   내 친구 진희요.

엄마   미나 아빠가 보험 들어준 그 친구요?

고모   네잎클로버가 밤마다 돌아가며 병상을 지켜주기로 했어요.

엄마   피곤하겠어요, 어서 들어가 쉬세요.

고모   오빠, 아직 연락 없어요?

엄마   오시겠죠, 뭐.

고모	그래요, 너무 걱정 마세요. 들어갈게요. 언니도 일찍 주무세요.
엄마	내 걱정은 마시고…

고모가 퇴장하면, 엄마가 전화기 앞에 혼자 앉아 있는 모습이 무척 고독해 보인다.

엄마는 좀처럼 마음을 안정시키지 못하고 복잡한 상념에 빠져 있다. 전화를 기다리다 못해 초조한지 일어나 서성대기도 한다.

커피를 한 모금 마시고 다시 앉아 고민한다.

미림이 소리 없이 다가와 뒤에서 엄마를 살며시 껴안는다.

미림	엄마, 너무 걱정 마. 언니가 어린애는 아니잖아. 괜히 반항하고 싶어서 친구를 데려와 연극을 했는지도 몰라. 설마 여자끼리 결혼이야 하겠어?
엄마	(만사가 귀찮아 무슨 말도 귀에 안 들어온다는 듯) 왜 나왔어? 들어가서 자.
미림	언니도 안 들어오고, 엄마가 이러고 있는데 잠이 와?
엄마	너는 언니가 저러고 다니는 줄 전혀 눈치 못 챘단 말이야?
미림	말을 해야 알지. 하지만 언니가 뭔가 고민하는 줄은 알았어. 오랫동안 남장을 하고 다니니까 자신도 모르게 조금씩 남자를 닮아간다는 착각이 들더래. 요즘 와서 부쩍 남자가 된 꿈을 자주 꾸고! 꿈꾸다 벌떡 일어나 아래를 확인하고는 슬퍼서 많이 울었대나. 언니가 불쌍해. 할머니의

그 케케묵은 고렷적 아들 선호사상의 희생물이야.

엄마   엄마는 지금 네가 하는 말이 하나도 안 들어온다.

미림   엄마! 지금 언니 때문에 고민하는 게 아냐?

엄마   (무거운 한숨) 후유… 지금 우리 집안에 어떤 엄청난 일이 벌어지고 있는지 식구들은 몰라.

미림   엄마!

엄마   아빠 회사일… (세차게 도리질하며) 아니다. 나한테 언니 문제 말고 더 큰일이 뭐가 있겠니! 정말 이 기집애가 전화 한 통화도 없이… 엄마아빠를 어떻게 보고… (갈팡질팡하다가 사정하듯) 미림아, 너 좀 들어가 줄래? 엄마는 여러 가지로 머리가 복잡하구나.

미림   (엄마가 안쓰럽다고 고개를 끄덕인다) 알았어, 엄마…

미림이 퇴장하자, 엄마는 전화기와 시계를 보며 초조해한다. 순간 전화벨이 울린다. 할머니가 뒤에서 촛불을 들고 손에 커다란 부적을 흔들며 나타난다.

할머니   전화 받어.

엄마   어머니, 제발…!

할머니   (부적을 태우며) 보름달의 정기를 가득 먹은 이 부적을 태워, 가루를 마시면 틀림없이 고추를 본다 했다. 이번에야말로 반드시 효과가 있을 게다. 아, 전화 안 받고 뭐하니?

엄마   (전화를 받으며) 여보세요…? 여보… (전화가 끊긴다)

45

할머니	(물잔과 재를 내밀며) 어서 쭈욱 마시거라.
엄마	어머니…!
할머니	(엄마를 노려보며) 어서 마시거라!
엄마	(어쩔 수 없이 돌아서서 마시는 척한다)
할머니	(무슨 냄새를 맡으며) 빈대떡이다. 내가 좋아하는 김치 빈대떡이야. (가다 말고) 빈대떡은 먹는 게 맞지?

다시 전화벨이 울린다.
엄마가 할머니를 의식하고 수화기를 얼른 든다.

할머니	전화기는 먹는 게 아녀. (나간다)
엄마	여보세요… 오빠? 미나니? 누구라구요? (식구들이 들을까 봐 조심스럽게 속삭이듯) 제가 그렇게 부탁을 했는데, 왜 집에까지 전화를 걸고 그래요? 그것도 밤중에… 낮에도 전화했어요?

고모가 전화 소리에 잠을 깼는지 부스스한 얼굴을 내밀고 엿듣는다.

엄마	집에는 전화 안 걸기로 약속했잖아요. 병든 시어머님과 아이들… 제발 그러지 말아요. 낮에 만나요. 언제 남편한테 전화 올지도 몰라요. 빨리 끊으세요. (수화기를 서둘러 놓는다)
고모	(마음의 소리) 춤바람이 나서 강남 제비한테? (기침 소리를 내고 다가온다) 미나는 아닌 것 같던데… 무슨 비밀 전화 받을 일

있수? 잠도 안 자고… (기습적으로 툭 던지듯 퉁명스럽게) 언니, 요즘 연애하우?

엄마 (애매하게 웃으며) 고모도 참!

고모 (수상하다고 묘하게 훑어보며 짐짓 유들유들) 고모도 참, 이라뇨? 연애, 그거 쉽게 장담할 거 아뉴. 언제 어떻게 기습해 올진 아무도 모르잖수? 그게 어디 남녀노소 가립디까? 인륜, 도덕, 체면을 가립디까? 거 아주 못된 놈이유. 그런 놈은 우격다짐이 안 통해요. 그저 살살 달래서 보내는 게 장땡이유.

엄마 (씁쓸히) 농담 그만해요, 고모. 농담할 기운도 없어요.

고모 (그렇기도 하겠다고 곱잖은 시선으로) 우리 그 인간한테 전화 오면 바꿔주지 마슈.

엄마 꼭 바꿔달라는 소리로 들리네요? 행여 고모부 전화 기다리느라 잠 못 든 건 아니구요?

고모 (마음의 소리) 저 여자가 지금 누굴 바지저고리로 만드나? 막 가지고 놀면서 위기탈출하네. (큰 소리로) 그 인간이 와서, 이 집안에서 꼭 데리고 나갔으면 시원하겠다는 소리로 들리네. 하긴, 시누이 고운 올케가 어디 있을라구!

엄마 (웃으며) 알았어요. 전화 안 바꿔드릴게요.

고모, 더 이상 어쩌지 못하고 퇴장한다.

엄마, 잠시 망설이다가 시계를 보고 전축에 다가가 라디오를 켠다.

소리   (뉴스) … 어려운 나라경제를 살리겠다는 애국충정으로 오늘도 금모으기 대열에 동참한 국민들의 열의가 뜨겁습니다. 대대손손 가보로 아끼는 금메달에서부터 어린애 돌반지, 심지어는 금이빨까지 내놓겠다고 떼를 쓰는 시골 촌부에 이르기까지 사연도 가지가지, 연일 참으로 흐뭇한 풍경이 펼쳐집니다. 위기에 대처하여 하나로 똘똘 뭉치는 한민족 특유의 기질로 미루어 볼 때 우리 경제는 곧 회생하리라 확신합니다. 다음, 중소기업을 운영하던 50대 가장이 부도를 맞고 또 스스로 목숨을 끊는 일이 일어났습니다. 경기도 안산시에 있는 수출업체…

엄마   (발작적으로 라디오를 끄고 절망감에 감정이 폭발하듯 광기마저 번뜩이며) 그래, 죽으면 될 게 아냐! 다 죽으면 그만이야. 저렇게 자살하는 사람도 많은데 우리라고 못 죽으라는 법 있어? 죽으면 돼, 만사해결이라구!

　　　　　전화벨 소리, 무서울 게 없다고 대뜸 듣자.

소리   (여자) 이모야? 이모부 아직 안 들어왔어? 일부러 피하는 건 아니지? 이번 한번만 도와주면… 물론 큰돈인 줄은 알지만… 워낙 급해서 그래. 이모부 오시면 늦게라도 전화줘. 미안해요, 이모. 부탁할게요.

　　　　　전화를 끊고 결국 흐느껴 운다. 그동안 쌓인 설움과 고통이 한꺼

번에 밀려와 그녀를 덮친 것이다.

남몰래 울고 있는데, 전화벨이 4번, 2번에 이어 1번이 요란하게 울린다. 엄마는 자포자기하듯 전화를 받는다.

엄마 (감정을 추스르고 가만히) 네, 응암동입니다. 고모부세요? 안녕하세요… 고모 바꿔드려요? 함께 있다가 방금 방에… (불안을 누르듯) 누구 다른 사람 바꿔주시려구요? (행여 빚쟁이인가 싶어) 옆에 누가 있으… (사이) 세요? (충격!) 다, 당신이에요? 아, 아니에요. 일은 무슨… 아무 일도 없었어요. 당신은 어떻게 됐어요? (점점 목소리가 커지며) 큰오빠가 거길… 거기까지 직접 왔었다구요? 윤 서방, 고모부도요? 두 분 다 도와 주신다고… 사채는 큰오빠가… 네, 은행돈은 고모부께서요? (울먹이며) 그럼 우린 사는 거예요? 다 해결된 거예요, 여보? 당신, 집에 돌아올 수 있어요? 네, 고모 여기 와 있어요. 집 걱정일랑 말고 당신이나 몸 건강히… 네, 그럼요. 빚만 다 갚으면 그깟 회사 정리하고 무슨 일이든 다시 시작하면 되잖아요. 네, 오늘 회사 직원들한테도 그렇게 말했어요. 빚 없는데 뭐가 두렵고 부럽겠어요. (눈물을 훔치며) 여보, 보고 싶어요. (엄마의 모습이 어둠에 잠기면서, 핸드폰을 받고 있는 아빠의 모습이 어둠을 밀어내는 새벽 어스름처럼 서서히 드러나기 시작한다. 곁에 고모부도 보인다) 얼마나 고생했어요. 새벽 기차로 도착하신다구요? 네, 빨리 오세요. 기다릴게요.

엄마가 완전히 어둠 속에 묻히는 것과 반비례하여 두 남자의 모습이 아침 해가 밝아오듯 완전히 드러난다.

아빠   (핸드폰을 닫으며) 가족이 최고야. 어려울 땐 역시 가족밖에 없어.

고모부   가족의 소중함이란 무슨 말로도 모자라죠, 형님. 아주머니께서 너무 좋아하시죠?

아빠   (고개를 끄덕이며) 윤 서방과 한 가족이라는 게 너무 자랑스러워. 이번에 자네가 아니었으면… (고모부의 손을 잡으며) 정말, 고마우이!

고모부   형님도 참 쑥스럽게… 어디 형님 혼자만 겪는 일입니까, 나라 전체가 온통 난린데! 사실은 미나·미림이 큰외삼촌, 그 부산 사시는 사돈 양반 힘이 제일 크지요. 잘 내려가셨겠죠?

아빠   (고개를 끄덕이며) 처남도 다 가족 아닌가. 가족들에게 너무나 큰 짐을 지웠어. 노망드신 어머님은 가족들을 괴롭히지나 않고 잘 계시는지… 집에 가면 병원에 한번 모시고 가야겠어.

고모부   병원에 모시고 간다고 나을 병이 아니잖아요? 장모님의 병은 집사람이 약인데… 처갓집에 가 있다죠? 부부싸움만 하면 보따리 싸서 친정에 쪼르륵 달려가는 고약한 버릇, 어떻게 고치죠?

아빠   이제 그만 싸우면 되지, 뭐가 걱정인가? 걔가 성격이 괄괄

해서 그렇지, 마음은 천생 여자야. 비단결 같다구. 어릴 때 일찍 아버지를 여의고 그늘져 살면 어쩔까 걱정 많이 했는데, 다행히 밝게 커주어서 얼마나 고마운지 몰라. 오빠로서 다시없는 누이동생이야. 따져보면 걔도 불쌍한 애거든. 자네가 좀 더 잘 보듬어 주게. 부부간에는 그저…

고모부　금슬이죠. 형님도 아주머니 업어드려야 할 겁니다.

아빠　업어줘야지. 미나·미림이도 보고 싶다. 제 엄마 속깨나 썩일 텐데… 시집은 가고 싶어 하면서, 철은 언제 들지…

고모부　(짐짓 가족애를 서로 뽐내듯) 저도 아내 김혜숙 줌마가 무척 그립습니다. 빨리 가서 보고 싶어요.

아빠　(어깨를 툭 치며) 그러세, 빨리 가자구. 가족들이 기다리는 우리들의 보금자리, 가정으로!

처남 매제 간에 의기투합하여 어깨동무를 하고 가족애와 우정을 맘껏 과시하는데, 암전된다. 동시에 환청인 양 기적을 울리며 크게 들려왔다 사라지는 기차소리와 함께 수화기를 놓고, 좋아서 어쩔 줄 몰라 어린애처럼 허둥대는 거실의 엄마 모습이 드러난다.
그녀는 사방에 대고 부르짖는다.

엄마　어머님, 고모, 미림아, 어서 나와 봐! 아빠가 오신단다! 아빠가 새벽 기차로 도착하신대!

미림　(나오며) 아빠가 공항에 도착하셨대? 근데 웬 새벽 기차야?

고모　(잠이 덜 깬 듯) 오빠 해외출장 가신 거 아니우?

엄마 (고모를 얼싸안으며) 고모, 고마워요. 글쎄, 고모부가 오빠 은행 빚을 해결해 주셨대요. 사채는 쟤들 외삼촌이 막아주셨구요. 빚쟁이들 때문에 오빠가 시골로 도피해 여태 숨어 지냈어요.

고모 뭐라구요? (자기 살을 꼬집고) 이거 꿈은 아닌데! 그 위인이 정말?

미림 (사태를 알아차리고 눈물을 글썽이며) 엄마!

고모 그럼, 매일같이 오빠 회사 빚 해결하느라 온종일… 아까 온 전화도 빚쟁이였군요? 낮에 온 것도!

엄마 (고개를 끄덕인다) 맞아요, 고모.

고모 난 그것도 모르고! 참, 진희한테도 전화해 줘야지. 우리 오빠 다 해결하고 집에 돌아온다고. 아무 걱정말라고…

엄마 (조금은 수상하다는 듯) 고모, 친구한테 왜 그런 전화를 해줘요?

고모 아, 아녜요. 내 친구니까 다 함께 기뻐해야죠. (코믹하게) 뭐 잘못됐나요? (돌아서서 자기 핸드폰을 들다가 만다)

미림 미안해, 엄마. 마음고생만 시켜서 정말 미안해요, 엄마! 언니도 이 사실을 알면 당장 돌아올 거야.

엄마 (눈물을 닦아주며) 그럼 그럼, 돌아오고말고! 엄마는 우리 가족을 믿는단다. 이제 다 끝났어. 숨도 못 쉬게 밀어닥친 하청업체 연쇄부도, 그 치떨리는 IMF 귀신, 역병과도 같은 무서운 한파에 우리 가족이 송두리째 휩쓸려 끝없는 밑바닥으로 추락당할 뻔했다.

미림 (금세 밝아지며) 엄마, 그야말로 아이엠 폴(IMFall)이 아이엠 파이팅(IMFighting), 아이엠 플라이(IMFly)로 바뀌었네. (새처럼 하늘을 날 듯 두 팔을 벌려) 아이엠 파인(IMFine)!

고모　(마음의 소리) 그럼 우리 그이가 오빠 문제 때문에 함께 고민하느라 부부생활까지 희생…? (큰소리로) 언니, 우리 그이한테 다시 전화 오면 끊지 말고 바꿔 줘요. 아니지, 내가 먼저 걸어야겠네. 그것도 아냐. 보따리 도로 싸서 당장 우리집에 가야겠어. 가만, 아무리 그래도 그렇지. 여자의 자존심이 있는데, 모시러 올 때까지 기다려야지?

엄마　오빠하고 같이 온다잖아요. 꼼짝 말고 기다리랬어요, 고모.

고모　암, 그래야지. (헤헤거리듯) 설마 오빠가 또 보따리 싸들고 왔다고 접때처럼 혼쭐내진 않겠죠, 언니?

모녀가 고모의 행동이 귀엽고 사랑스럽다 바라보며 웃기만 하는데, 할머니가 방 안에서 소리 지른다.

할머니　(목소리) 이년아, 밥 줘! 아들도 못 낳는 년이 시에미 굶겨 죽일 테여? 배고파! 밥 줘! 밥 줘!

할머니의 그 소리마저 흐뭇하게 들려 고모와 미림이가 방 쪽을 바라보며 웃는데, 엄마가 갑자기 헛구역질을 한다.

엄마　에엑, 에엑~.

미림　엄마, 왜 그래? 속이 안 좋아? 물 갖다 줘?

고모	그동안 쌓였던 긴장이 풀리니까, 몸져눕는 거 아냐, 언니? 속 쓰린 사회에 위장약이 불티난다던데, 언니도 신경성 위장병 아니우?
엄마	(그게 아니라고 손을 내젓는다)
할머니	(목소리) 이년아, 배고파. 밥 줘! 밥! 밥!
엄마	(그 소리에 속이 또다시 울컥 넘어오는 듯) 으엑, 으엑…
고모	저 노친네가 오늘따라 더 보채네. 하필 이때 또 속을 뒤집어 놓을 게 뭐람. 놀자 귀신, 먹자 귀신, 다 IMF 귀신한테 꼼짝 못하는데, 우리 엄마 노망기는 좀 안 뒤집어 놓나?
엄마	(무심코) 어머님! 밥 달라는 소리에 더운 밥 냄새가 확 나는 것 같더니 그만… (아차 싶어 입을 막는데 다시 구역질) 에엑, 에엑…
미림	(물잔을 들고 온다)
고모	(어깨를 두들겨 주다 말고 빙그레 회심의 미소를 떠올리며) 어, 언니, 혹시… 늘그막에 두 분이 주책부린 거 아니우?
엄마	(부끄러운 듯) 몰라요, 고모! 남사스러워서…

구역질을 계속하며 방으로 뛰어간다.

고모가 의미심장하게 웃으며 물컵을 들고 방에 따라가려는 미림을 말리듯 손목을 잡아끌며 킥킥댄다. 감을 못 잡고 고모를 바라보기만 하던 미림이 이윽고 짐작이 간다는 듯, 눈이 휘둥그레지며 화들짝 웃는가 하면 손가락으로 고모를 가리키며.

미림	아, 그거?
고모	그래, 그거!
미림	(익살스레) 정말 그거?
고모	(더욱 익살스레) 그래, 그거! 으엑! (자기도 이상하여) 으엑, 으엑…
미림	고모도 그거 아냐?
고모	(새침데기처럼) 내가 무얼? 으엑! (고모는 입가에 기쁨의 미소를 비밀스럽게 머금는다)
미림	(그때야 생각난 듯) 아차, 언니 핸드폰에 음성 남긴다는 거 깜박하고 있었네. 빨리 넣어야지. 지금 오고 있을지도 몰라. (전화를 걸려는데, 신애가 불쑥 들어선다.)
미림	어?
신애	안녕하세요?
미림	언니는요…?

신애가 문 쪽을 가리킨다. 미나가 멋쩍은 듯 들어선다.

고모	(조심스레) 미나 왔어?
미림	언니! 거기서 뭐하고 있는 거야? 남의 집에 왔어? (데리고 들어오며) 우리 집에 왔으면 씩씩하게 들어와야지. 언니, 이제 장난 그만해. 난 벌써 연극인 줄 다 알았어.
고모	연극이라면… (잘됐다고 미나의 손을 잡으며) 낮에 그 깜짝쇼?
미나	(애매하게 웃으며 고개를 끄덕인다)

신애 우린 친구예요. 전 TV 탤런트 지망생이걸랑요. 미나가 저희 방에 자겠다는 걸 식구들 걱정 끼치면 안 되니까, 일부러 바래주러 왔어요. 전 이만 가볼게요.

미나 그래 잘 가, 고마워.

고모 (신애가 나가자, 눈을 흘기며) 늬네들 그러면 못써. 어른 희롱죄가 얼마나 무서운 줄 아니? (미나의 손을 잡으며) 그럼 그렇지, 늬가 누구냐? 이 네잎클로버 클럽 회장 김혜숙 여사의 조카님 아니냐!

미림 (우습다고) 호호호… 걱정 마, 언니! 난 절대 언니보다 먼저 시집 안 갈 테니까. 결심했어. 정말이야!

고모 미림이가 이제야 철이 드나 보다. 늬네들 엄마한테 빨리 알려야겠다.

미림 고모, 서두를 것 없어요.

미나 참, 엄마는?

미림 (속삭이듯) 잘하면 언니 남장에서 해방될지도 몰라.

고모 (덩달아 좋아서) 경사 났어, 경사!

미림 (영문을 몰라 어리둥절한 미나의 귀에 대고) 글쎄, 엄마가… 있잖아, 에~ 엑! (그새 궁금해 죽겠다고 안으로 들어가며) 엄마, 언니 왔어.

엄마 (방안에서, 소리) 그래, 알고 있다. 할머니 잠자리 봐주고 곧 나갈게…

할머니 (소리) 이년아, 가긴 어딜 가, 밥 안 주고! 밥 줘, 이년아!

고모와 미나는 그 소리마저도 마냥 정겹고 좋아 소리 내어 웃는다.
엄마가 나오며 미나를 보고.

엄마   나쁜 것, 엄마를 다 속이고…

할머니가 찰거머리처럼 뒤쫓아 나오며.

할머니   아, 어디 가느냐니까. 이년아, 고추도 못 낳는 년아. 밥 줘!
배고파!

엄마   저 잡아 봐요, 잡아 봐요. 어머니, 잡아보세요.

마치 술래잡기를 하듯 가족들이 한데 어우러져 손뼉을 치며 즐거
워하는데, 행복한 실내음악에 파묻히며 무대 서서히 어두워진다.
어둠과 맞물려 오버랩되듯 미림이가 최초의 모습 그대로 동그란
조명 속에 드러난다.
나머지 사람들은 어둠 속에서 이미 퇴장했다.

미림   (미소 띤 환한 얼굴로) 잘 보셨습니까? 우리 가족은 그렇게 아
이엠에프(IMF)를 극복했습니다. 그동안 흥청댔던 우리 사
회를 생각하면 IMF가 차라리 좀 더 일찍 왔어야 했다고
자탄하는 소리도 들리지만… 아무쪼록 어려움을 늦게나
마 깨닫고 뒤늦게 철든 저희 딸들을 두고 아빠는 늦둥이
라 놀리시지 뭡니까! 그런데 진짜 늦둥이는 벌써 엄마 뱃

속에서 자라고 있지 않았습니까? 어두운 터널을 뚫고 새벽 기차로 달려오는 아빠조차도 그 놀라운 사실만은 모르셨겠죠. 기적이 일어난 거예요. 늦둥이는 IMF가 남긴 우리의 소중한 선물이랍니다. (입술에 손가락을) 쉿! 무슨 소리가 들리지 않나요? (칭얼대다가 마침내 사내아이의 우렁찬 울음소리로 바뀐다) 우리 늦둥이가 깼나 봐요! (박수를 유도하듯) 여러분들, 울음소리 한번 너무너무 우렁차지 않습니까?

더욱 우렁찬 울음소리가 무대를 압도하는데, 암전.

막

한국 희곡 명작선 108
늦둥이

초판 1쇄 인쇄일 2022년 11월 1일
초판 1쇄 발행일 2022년 11월 7일

지 은 이   최송림
만 든 이   이정옥
만 든 곳   평민사
　　　　　　서울시 은평구 수색로 340 〈202호〉
　　　　　　전화 : 02) 375-8571 / 팩스 : 02) 375-8573
　　　　　　http://blog.naver.com/pyung1976
　　　　　　이메일 pyung1976@naver.com
등록번호   25100-2015-000102호
ISBN   978-89-7115-048-1 04800
　　　　　　978-89-7115-663-6 (set)
정   가   7,000원

이 책은 사단법인 한국극작가협회가 한국문화예술위원회의 2022년 제5회 극작엑스포
지원금을 받아 출간하였습니다.